ÉPITRE

A MONSIEUR LE VICOMTE

DE LA ROCHEFOUCAULD,

AIDE DE CAMP DU ROI,

CHARGÉ DU DÉPARTEMENT DES BEAUX-ARTS.

PARIS. — IMPRIMERIE DE FAIN, RUE RACINE, N°. 4,
PLACE DE L'ODÉON.

ÉPÎTRE

A MONSIEUR LE VICOMTE

DE LA ROCHEFOUCAULD,

AIDE-DE-CAMP DU ROI,

CHARGÉ DU DÉPARTEMENT DES BEAUX-ARTS.

La vérité, rien que la vérité.

PARIS.

DÉCEMBRE 1825.

A MONSIEUR

LE VICOMTE

DE LA ROCHEFOUCAULD,

AIDE DE CAMP DU ROI,

CHARGÉ DU DÉPARTEMENT DES BEAUX-ARTS,

ILLUSTRE descendant de l'auteur des Maximes,
Fais, en portant son nom, voir jusqu'où tu l'estimes;
Et, digne du destin qui t'a placé si haut,
Sois, Sosthène, aussi grand que La Rochefoucauld.
Emule de sa gloire, à ses leçons fidèle,
Chef des beaux-arts, commande où servit ton modèle!
Comme il en fut l'orgueil, sache en être l'appui,
Répands sur eux l'éclat qu'ils ont versé sur lui.

Et que son siècle sache, à la gloire du nôtre,
Qu'un La Rochefoucauld fit ce qu'a pensé l'autre.

« L'amour-propre est tout l'homme, a dit ton sage aïeul,
» Et l'homme en tout est mû par son intérêt seul. »
Mets à profit ce mot qui de nos jours t'explique
Et des lettres si bien te peint la république !
Tu n'y rencontreras qu'orgueil, cupidité,
Sans cesse t'y vouant haine et malignité.
Tout est suspect en toi; ta parole, ton geste,
Ton regard, ton sourire, aux arts tout est funeste :
Ton approche y semble être un désastre commun,
Tu ne peux faire un pas sans écraser quelqu'un.

D'autre part, le conseil t'arrive en abondance.
Si l'art a tant d'amis, d'où vient sa décadence?
C'est qu'au fond chacun d'eux, en l'avis qu'il émet,
A soin de l'ajuster au prix qu'il s'en promet,
Et que, dans leur calcul, excellens géomètres,
Comme Josse est orfévre, ils sont hommes de lettres.
Sans cesse répétant d'un patelin accord,
Tout haut : «gloire aux beaux-arts,» tout bas, «à moi d'abord!»

Maître Bernard, leur chef, sur le ton d'un Atride,
Dit, que c'est insulter l'âne jusqu'à la bride,

Que de l'envoyer paître avec Robin des bois,
Et le resteindre au champ dont lui-même a fait choix.
Cinquante auteurs, épris de son heureux mélange,
Autour de lui groupés se forment en phalange ;
Ils ne souffriront point qu'un système exigu
Ravale l'Odéon au rang de l'Ambigu,
Mette enfin sur le pied du boulevart du Temple
Le faubourg Saint-Germain dont le goût fait exemple,
Et qu'ainsi maint succès, dont il fut le berceau,
En traversant les ponts risque à tomber dans l'eau.
Il leur faut un théâtre accessible et commode,
Un bazar dramatique où le goût à la mode,
Depuis la Jeanne d'Arc jusques à l'Homme Gris,
Trouve de tout un peu sans y mettre un grand prix.

Tremble enfin que l'amour contre toi n'y fomente
La colère d'Év...D., blessé dans son amante.
Le Mercure non plus ne t'épargnera pas :
Il veut mettre, à tes frais, l'empire turc à bas.

Loin donc de s'éclaircir, la question s'embrouille,
Et la discussion, qu'un flux d'encre barbouille,
Au lecteur indécis laisse à peine entrevoir
Lequel de nos savans a le moins de savoir.

Le comité des Six vient pourtant à ton aide,
Aux maux dont tu te plains il va porter remède,
De la scène française il va venger l'affront,
Le goût seul désormais et l'ordre y règneront.
Loin d'elle, auteurs transis, qui de vos feux bigames
Polluez Melpomène et Thalie en vos drames;
Avec lord Davenant allez sur les trétaux
Faire, à vos noirs accès, se pâmer les badauds.....
Tout franc, ce comité me semble un peu myope :
Si j'avais à lui faire ici son horoscope,
Je dirais que de lui rien de bon ne viendra,
Que le sextuple mont d'un rat accouchera.
Mais voilà de partout ce qu'il te faut attendre :
Parfois une étincelle en des monceaux de cendre,
Grand bruit dans la critique et point de zèle au fond,
Point d'art, mais d'artifice un système profond.
Fais-tu le bien ? hasard; on ne t'en tient pas compte.
T'égare-t-on ? du mal tu dois porter la honte.
D'une école gratis chasses-tu deux marmots ?
Incontinent sur toi sont lâchés les gros mots.
Mais pour l'homme à talent plein de sollicitude,
Défenseur de ses droits, noble fruit de l'étude,
Te voit-on, par tes soins, tes efforts et tes vœux,
En transmettre l'usage à ses derniers neveux,

Égaler la pensée aux biens héréditaires ,

Et la consolider en ses propriétaires.... (1) ;

Ce trait les touche peu ; tout ce qu'il leur enjoint,

C'est qu'au lieu d'en médire ils n'en parleront point.

Si tu m'en crois, renonce à l'espoir qui te flatte,

D'apprivoiser l'humeur de cette race ingrate.

La clémence à leurs yeux n'est qu'un dehors contraint :

Qui les accueille, au fond, les convoite ou les craint.

Vois, quelles sont entr'eux les haines , les discordes ;

En sectes partagés ; organisés en hordes ,

Vois-les journellement s'entre-dévorer tous ,

Si des loups se mangeaient, comme feraient des loups.

Chaque secte a son chef, ses tambours , ses trompettes,

Jéricho se relève à la voix des gazettes.

En ce conflit de vœux l'un à l'autre opposés ,

Dans ce choc d'intérêts l'un par l'autre aiguisés ;

Ayant à faire face, à plaire à tout le monde,

Trahi de ceux-là même où ton espoir se fonde,

Te dirai-je à quel art il faut avoir recours ?

Les meilleurs biais à prendre en tout sont les plus courts ;

(1) Projet de Loi sur la Propriété littéraire, conçu par M. le vicomte de la Rochefoucauld.

Certain d'être blâmé, quelque effort que tu fisses,
Recherche leur courroux plutôt que leurs services :
L'un du moins est utile à savoir qu'éviter,
Les autres ne sont bons qu'à nuire ou tout gâter.

En cette polémique et diffuse bagarre,
Préfère leur outrage au flatteur qui t'égare,
Redoute un faux talent bien moins qu'un talent faux.
Il n'est à présent bruit que des ultra-dévots.
Le culte des beaux-arts a les siens comme un autre ;
Et tel en leur faveur montre un zèle d'apôtre
Dont le talent se trouve, en sa souple ferveur,
Toujours plein de l'esprit qui mène à la faveur.
Sous l'empire absolu d'un système cynique
Son Phœbus est lascif, sa Minerve impudique ;
Sous le règne des mœurs, autre diapazon :
Sa muse convertie est toute en oraison ;
Ce ne sont plus alors que sujets saints qu'il traite,
Sodôme est dans son cœur, Sion est dans sa tête;
« La morale, dit-il, la morale avant tout;
» Le théâtre est sans elle un cloaque, un égout. »

Garde-toi d'écouter tout ce vain protocole;
La scène est un miroir et non pas une école.

Ce n'est qu'en nous montrant le hideux de nos cœurs,
Et non leur beau côté, qu'elle est utile aux mœurs.
L'homme en ses fictions, pour mieux s'y reconnaître,
Doit se voir tel qu'il est, non tel qu'il devrait être.
Laisse donc à chacun son naturel instinct,
Que l'olympe et le ciel aient un culte distinct.

Une fois à couvert de ce juste reproche,
Ris des traits que l'envie à foison te décoche :
Ce sont vapeurs qu'exhale un sol marécageux
Et dont, au gré du vent, fuit l'amas nuageux.
Qui t'empêche d'ailleurs, à l'essaim qui t'assaille,
De rendre une facile et juste représaille ?
L'attaque personnelle est à l'ordre du jour :
N'en as-tu pas quelqu'un à payer de retour ?
Comme toi, des beaux-arts, il en est qui naguère
Eurent à gouverner l'important ministère :
Demande-leur quel fut, sous leur fier consulat,
Le droit de l'écrivain, son crédit, son éclat ;
Comment ils recevaient alors la remontrance,
Et quelle liberté régnait alors en France ?
Du pouvoir de la presse, aujourd'hui même encor,
Dis quel usage ils font, dis quel est son essor :

C'est le plus honteux joug, la plus pesante chaîne
Qui des lettres jamais ait souillé le domaine.
A leur gré dispensant la réputation,
Nul n'en peut acquérir sans leur permission;
Tout mérite étranger ils l'empêchent de poindre,
Dans leurs rangs, au contraire, il n'en est pas de moindre;
Pour eux seuls, ces tyrans de la célébrité,
Pratiquant l'injustice, invoquent l'équité;
Et plus d'un, envers lui, t'accuse d'arbitraire,
Qui, dans son journal, règne en pacha littéraire!

De leur système en tout sans adopter le cours,
Que contre leur attaque il te soit un secours;
Fuis une erreur enfin que la scène fait naître,
Tout succès dans cet art n'est pas un coup de maître;
La circonstance en vogue, une actrice, un acteur
Y prend quelquefois part beaucoup plus que l'auteur.
Combien d'œuvres vit-on un jour aller aux nues,
Qui depuis ce jour-là n'en sont point revenues!
Combien d'auteurs fameux par leurs premiers essais,
Se sont pendant vingt ans traînés sur un succès!
N'y fais pas un grand fonds. Si c'est là ta ressource,
Mieux vaudrait un aveugle à t'aider dans ta course.

Heureusement pour toi que chez eux la fierté
S'allie, et sert de masque à l'incapacité.
Moi, qui n'ai pas de compte avec la renommée,
Ne faisant ni trafic, ni cas de sa fumée,
J'ouvre un avis gratis sur ce cas important,
S'il est nul en valeur tu l'as au prix coûtant ;
Libre à toi d'en user, comme il l'est à mon zè   l
(Sans en faire un prétexte à te chercher querelle)
De plaider pour mon art... Oui, cet art est le mien,
Ou Phœbus m'en impose et ment s'il n'en est rien.

On s'accorde en ce point que la scène française
Touche à sa dernière heure, et la prend fort à l'aise.
Mais où siége le mal ? voilà le nœud gordien.
« La faute, dit l'auteur, en est au comédien. »
L'acteur dit au poëte : « Elle est plutôt la vôtre. »
Le public dégoûté les maudit l'un et l'autre.
L'autorité s'en mêle : on instruit le procès ;
Tous parlent à la fois. L'huissier crie : « Hola ! paix ! »
La muse romantique a d'abord la parole ;
Elle peint les griefs de la moderne école :
« Sa faconde est, dit-elle, une poule aux œufs d'or
» Qui les mange tout crus, les pond plus vite encor ;

» Or, n'est-il pas affreux qu'à son humeur prodigue,
» Loin de donner issue, on oppose une digue? » Il
Aussi réclame-t-elle (elle veut tout ou rien)
Qu'on laisse à ses débats un champ aërien :
On siffle..... Le tour vient des coqs du répertoire,
Ceux-là sont de la scène et l'amour et la gloire ;
Leurs pièces, dont l'attrait s'attache tous les cœurs,
Même avant qu'on les joue, ont l'aveu des claqueurs.
On se bat au parterre, on pâme dans les loges,
Pour eux tous les journaux retentissent d'éloges !
Et pour eux, cependant, les acteurs sont si froids,
Que Racine et Molière ont leur tour quelquefois !....
Il n'est personne alors qui comme eux ne conçoive
Qu'un théâtre par tête est le moins qu'on leur doive.

Lors vient Agamemnon, son plaidoyer en main,
Et que soufle d'ailleurs l'Avocat Patelin :
« Il vous sied bien, dit-il, myrmidons littéraires,
 De venir vous en prendre à nos sociétaires
» Des dégâts que chez nous vous seuls avez commis !
» Dans un même panier tous vos ouvrages mis,
» Quels sont, depuis dix ans, vos exploits dramatiques ?
» Des romans mis en scène, et des héros étiques,

» Des portraits ébauchés à vous seuls ressemblans,

» Des tableaux sans couleur que nous rendons parlans.

» Quel est, à le scruter, celui de vos ouvrages

» Qui jamais du parterre eût capté les suffrages,

» Sans notre aimable Mars, sans notre grand Talma,

» Sans Duchenois, Leverd (maint autre qu'il nomma)?

» Et de ce que parfois, las de votre manière,

» Nous retrempons notre art dans Racine et Molière,

» Vous criez à l'abus, vous traitez de lenteur

» Nos respects et nos soins pour les divers auteurs!

» Les nommer sur l'affiche est annoncer relâche;

» Publiez-vous.... Tant pis pour ceux que cela fâche :

« Si le goût du public s'est pour eux refroidi,

» Ce sont vos drames creux qui l'ont abâtardi. »

Le comédien conclut à ce que la comète

Au refus d'Apollon leur envoie un poëte,

Le parterre en sursaut se lève en masse et dit :

« Jusques à quand, messieurs, qu'on nomme gens d'esprit,

» Comptez-vous abuser de notre patience?

» Vous, acteurs, par vos cris, étourdir l'audience?

» Ne vous y trompez point, vos prétendus succès

» De notre oisiveté ne sont que les effets.

» Si l'on savait ailleurs où passer les soirées,

» Vous n'auriez pas souvent de si belles chambrées.

» Des amateurs payés les suffrages bruyans

» Ressentiraient bientôt l'absence des payans,

» Et la salle, à vos frais désormais allumée

» Disputerait le vide à votre renommée.

» Cessez donc à l'envi l'un l'autre vous blâmant,

» De courir l'un et l'autre après l'émolument;

» Vous d'écrire à la toise, ainsi que des manœuvres;

» Vous, à vos remplaçans, de livrer nos chefs-d'œuvres;

» Auteurs, c'est peu du nombre, il faut la qualité;

» Acteurs, moins de prestige et plus de vérité;

» Que le goût, la nature à votre voix renaissent,

» Et que de votre sein les partis disparaissent. »

L'avocat du classique, au procès attentif,

Redit la procédure en un résumé vif.

Touchant le point de droit, voici ce qu'il en pense :

« Nos modernes auteurs, de triste souvenance,

» Bien que du répertoire ils aient trouvé la clé,

» Ne l'ont, jusqu'à présent, que d'avortons peuplé.

» Leurs fruits, à peine éclos, pourissent sur la branche,

» Et le cas veut de lui que dans le vif il tranche.

» Il prétend que la scène a dans ses médecins

» La source de son mal, partant ses assassins,

» Et que si ses amis veulent qu'elle en réchappe,

» Il leur faut s'adresser à quelqu'autre Esculape.

» Quant aux acteurs, dit-il, leurs excellences font

» Ce qu'à faire chacun aime assez dans le fond :

» Ils jouent les grands seigneurs, et savent tout ce rôle

» A n'avoir pas besoin qu'un souffleur les épaule.

» Du reste, sont-ils bons ? tant mieux ! mauvais ? tant pis !

» Le public reçoit tout : ils en font leurs profits,

» Et s'en vont, à ses frais, sans vergogne et sans gêne,

» Ériger sous Montmartre une moderne Athène,

» Où le moindre d'entre eux prend sa part du gâteau

» Sur lequel est écrit : *Bien joué Figaro.* »

Là n'est donc pas le mal, encor moins le remède.

Le public fait tout l'un ; tout l'autre, il le possède.

Sur le public aussi le procureur du goût

De son réquisitoire assène-t-il le coup :

« Attendu, conclut-il, qu'en vertu d'Aristote,

» Le mauvais goût du jour requiert un antidote ;

» Que, sa contagion gagnant tous les cerveaux,

» Le parterre n'est plus qu'un essaim d'étourneaux

» Qui sur ces bancs, jadis les soutiens de l'école,
» Prend souvent pour un aigle un hanneton qui vole;
» Qu'à présent son suffrage à l'enchère se met,
» Au point qu'un pauvre auteur, qui sur lui s'en remet
» Pour savoir si la pièce est ou sotte ou savante,
» Devrait aller plutôt consulter sa servante;
» Attendu qu'au bon goût, poursuit son substitut,
» Le susdit est plus sourd encor qu'un institut,
» Et qu'au train dont il va bientôt il fera queue
» Au chien de Montargis, Jocko, la Barbe Bleue,
» Qu'il a sifflé Lesage, applaudi Davenant,
» Qu'en un mot tout chez lui se juge à l'avenant;
» Il requiert que la cour aux dépens le condamne;
» Et, reconnu Midas à ses oreilles d'âne,
» Qu'elle l'envoie enfin (si, pour d'autres raisons,
» Ce n'est déjà son gîte) aux Petites-Maisons. »

L'auteur mis hors de cour s'en retourne à Corinthe:
On dit que les auteurs font appel de la plainte.

Les débats ainsi clos, les plaidoyers finis,
En comité secret les juges réunis,
Sur ce point important la Cour consulte encore.
Quel sera son arrêt ? c'est ce que l'on ignore.

A voir qui la préside, on n'en peut cependant
Attendre qu'un décret équitable et prudent;
Mais portât-il le sceau d'un jugement suprême,
Témoignât-il venir de ton aïeul lui-même,
N'attends pas qu'à l'abri des censeurs pointilleux
Il soit prisé partout, ni vu des mêmes yeux;
Encor moins qu'il désarme et l'envie et la brigue :
De nos jours tout est fraude, aujourd'hui tout est ligue,
Et le cœur généreux qui médite un bienfait,
Bientôt se le reproche en en voyant l'effet.

Reporte leurs clameurs à deux ans de distance,
Et par des faits réponds à leur vaine jactance;
Jusque-là, sois de marbre au sarcasme frondeur;
Affermi dans tes pas, sincère en ton ardeur,
De l'objet de ta course occupé sans relâche,
Ne sers que l'intérêt qui t'est prescrit pour tâche.
Sacrifie, aux beaux-arts jusqu'à tes propres goûts;
A chacun d'eux propice, impassible envers tous,
Va chercher le talent même à travers la haine :
Qu'on t'appelle en un mot *le moderne Mécène !*
Mais avec les abus retirés que transiger,
C'est convertir le mal en un pressant danger.